# 森の
# プレゼント

朝日出版社

クリスマスが近づきました。

小さな丸太《まるた》の家は、ほとんど雪に埋《う》まりました。たくさんの雪が壁《かべ》や窓《まど》にあたって吹《ふ》きだまりとなり、朝、お父さんが入り口のドアをあけると、ローラの背《せ》の高さほどの雪の壁になっていました。お父さんはシャベルを出してきて戸口《とぐち》の雪をかき、納屋《なや》の家畜小屋《かちくごや》までの道をつけました。家畜小屋では、ウマやウシたちが、自分たちの囲《かこ》いのなかで気持ちよくすごしていました。

その日は晴れて、太陽《たいよう》が顔を出しました。ローラとメアリーが窓のそばの椅子《いす》にあがると、キラキラ輝く雪の向こうに、大きな森が見えました。葉の落ちた黒い枝にも雪がついて、太陽の光をうけています。ツララが家の軒《のき》から雪の吹きだまりへとのび、根もとはローラの腕《うで》と同じくらい太いツララでした。ガラスのよう

に光ってみえました。

お父さんが納屋から小道を戻ってくるとき、はく息は小さな雲《くも》のように空中《くうちゅう》に浮《う》かび、凍《こお》って、口ひげやあごひげの白い霜《しも》になりました。

お父さんは家に帰《かえ》ると、足踏《あしぶ》みしてブーツの雪をはらいました。まるでクマがするように、大きなコートの冷えた胸《むね》に、ローラを力強《づよ》く抱《だ》きあげてくれたとき、霜のとけたしずくが口ひげについているのが見えました。

夜になると、お父さんは1枚《まい》の大きい板と2枚の小さい板を細工《さいく》するのに忙《いそが》しそうでした。ナイフで板を削《けず》ったあと、サンドペーパーや手のひらで磨《みが》きました。ローラがさわってみると、絹《きぬ》のようにすべすべしていました。

それから、ジャックナイフで大きな板のふちを、低い山や高い山に切り、いちばん高い山のてっぺんには大きな星を彫《ほ》りました。板にはいくつもの小さな穴《あな》を

あけました。それを、小さな星、三日月《みかづき》、丸などの形にくり抜《ぬ》き、そのまわりぜんぶに、もっと小さい葉や花や鳥を彫りました。

小さな板のうちの1枚はカーブした形に切り、そのふちにそって葉や花や星を彫り、いちばん小さな板のふちには、花の咲いた小さい唐草模様《からくさもよう》を彫りました。

お父さんは、板をていねいに削り、ゆっくり注意深《ちゅういぶか》く切って、自分がきれいだと納得《なっとく》するまで仕事《しごと》をやめませんでした。

ようやく板の細工が終《お》わった夜、お父さんは3枚の板を組み立てました。できあがったのは、ていねいな彫刻《ちょうこく》のある板を背にした飾り棚《だな》でした。まんなかから、小さい棚板《たないた》が張《は》り出しています。背板《せいた》のいちばん高いところには大きな星がありました。棚板を下から支えているのは、ふちがカーブした小さな板で、棚板のふ

ちのまわりは、小さな唐草模様で飾ってありました。
　お父さんは、お母さんへのクリスマスプレゼントにするために、この張り出し棚をつくっていたのです。お父さんはそれを、ふたつの窓の間《あいだ》の丸太の壁にていねいにとりつけ、お母さんは、大事にしている小さい陶器《とうき》の人形《にんぎょう》を棚の上に立たせました。
　その人形は羊飼《か》いで、陶器のボンネット（日よけ帽《ぼう》子《し》）を頭にかぶり、カールした陶器の髪《かみ》が陶器の首にかかっていました。陶器のドレスの胸をひもでとじ、うすいピンク色の陶器のエプロンをつけ、金色の小さな陶器のくつをはいています。この人形が背板《せいた》のまえに立つと、それはとてもきれいでした。花や葉や鳥や月などの彫刻にかこまれ、頭の上には大きな星が光っていたのですから。
　お母さんは、クリスマスのごちそうをつくるために

朝から晩まで忙しく働《はたら》きました。塩味《しおあじ》の発酵《はっこう》パン、ライ麦とトウモロコシのパン、スウェーデン風《ふう》のクラッカーなどを焼《や》き、大きな鍋《なべ》で、豆に塩漬《しおづ》けブタ肉と糖《とう》みつを加えてぐつぐつ煮《に》たベークド・ビーンズをつくりました。ビネガーパイや干しリンゴのパイを焼き、大きな広口《ひろくち》ビンをクッキーでいっぱいにしました。料理《りょうり》に使ったスプーンはローラとメアリーになめさせてくれました。

ある朝、お母さんは糖みつとメープル・シュガーを濃《こ》いシロップになるまで煮つめ、お父さんは、フライパンにきれいな白い雪を入れて持《も》ってきました。ローラとメアリーはフライパンをひとつずつもらい、お父さんとお母さんが、濃いシロップをどうやって雪にたらすのか見せてくれました。

ふたりが丸や飾り文字や、まがりくねった形に雪の

上にたらすと、シロップはすぐに固《かた》まって、キャンディーになりました。ローラとメアリーはそれぞれひとつだけ食べさせてもらいましたが、残りはクリスマスまでとっておくのでした。

そんな準備《じゅんび》をしていたのは、イライザおばさん（お母さんの妹）とピーターおじさん（お父さんのお兄さん）、いとこのピーター、アリス、エラたちがクリスマスにとまりにくるからです。

クリスマスの前の日にみんなはやってきました。ローラとメアリーに楽しそうなソリの鈴《すず》の音が聞こえたかとおもうと、近づくにつれてしだいに大きな音になり、ボブスレー（ソリ）は森を抜けて家の門に着《つ》きました。

イライザおばさん、ピーターおじさん、それにいとこたちが乗っていました。みんなは毛布《もうふ》やオーバーやバッファローの毛皮《けがわ》などにくるまれていました。

とてもたくさんのコートやマフラーやベールやショールにかくれていたので、大きな荷物《にもつ》のように見えました。

みんなが家のなかに入ると、小さな家はひとがいっぱいであふれそうでした。ネコのブラックスーザンは逃げて納屋にかくれましたが、イヌのジャックは雪をけちらしてあちこちはねまわり、とてもうれしそうに吠《ほ》えつづけました。遊《あそ》び相手《あいて》になってくれるいとこたちが来たのです！

イライザおばさんが、みんなの着《き》ていたコートをぬがせたとたん、ピーター、アリス、エラ、ローラ、メアリーは大声をあげて走りはじめました。とうとう、イライザおばさんに静かにしなさいと注意されてしまいました。すると、アリスはいいました。

「じゃあ、これからなにをやるか、いうね。みんなで

『写真《しゃしん》ごっこ』をしましょうよ」

そのためにみんな外へ出なくては、とアリスはいいましたが、お母さんは、外で遊ぶのはローラには寒《さむ》すぎるとおもいました。でも、ローラがとてもがっかりしたのを見て、少し考《かんが》えてから、ちょっとなら外に出てもいいと許《ゆる》してくれました。お母さんは、ローラにコートを着せ、ミトンをつけ、フードつきの暖《あたた》かいマントを着せ、マフラーを首にまいて外に行かせてくれました。

ローラにとって、こんなに楽しいことははじめてでした。午前中ずっと、アリスやエラやピーターやメアリーと、雪のなかで「写真ごっこ」をして遊びました。

「写真ごっこ」はこんなふうにやるのです。

ひとりずつ木の切り株《かぶ》にあがり、みんな同時に、両手《りょうて》をいっぱいに広げたまま、ふかぶかと積《つ》もった雪

の上にパタンとたおれます。顔をまえに向けたままです。そして、たおれたときにつけたあとをこわさないように起きあがります。うまくやれば、雪の上には、4人の小さな女の子と1人の男の子の、手や足もみんな自分そっくりの五《いっ》つの凹《くぼ》みができます。みんなはそれを自分たちの写真だ、といっているのです。

子どもたちは1日じゅう、とてもよく遊んだので、夜になっても気持ちが高ぶっていて眠《ねむ》れませんでした。でも眠らなくてはなりません。そうしないとサンタ・クロースが来てくれないかもしれません。だから、みんなは暖《だん》炉《ろ》のそばに長いくつしたをさげ、お祈《いの》りもすませてベッドに入りました。アリス、エラ、メアリー、ローラの4人は、床《ゆか》の上の大きなベッドでいっしょに眠るのです。

ピーターは、大きなベッドの下から引き出すベッドで寝《ね》ます。イライザおばさんとピーターおじさんは大きな

ベッドを使います。お父さん、お母さんのベッドは屋根《やね》裏部屋《うらべや》の床につくってありました。ピーターおじさんのソリから、バッファローのオーバーや毛布などをぜんぶ持ってきたので、上にかけるものは十分《じゅうぶん》にありました。

お父さんとお母さん、イライザおばさんとピーターおじさんが、暖炉のそばにすわって話《はなし》をしていました。ローラがうとうとしかけたとき、ピーターおじさんの話し声が聞こえました。

「このまえ、ぼくがレイクシティーに行っている間にイライザが大変な目にあうところだったんだ。プリンスを知っているだろう？　ぼくの家の大きなイヌだよ」

ローラはイヌの話が好きだったから、たちまち、目がぱっちりとさえてしまいました。

ローラはジーッと動かないようにして、暖炉の炎《ほのお》が丸太の壁の上でゆらめくのを見ながら、ピーターおじ

さんの話に耳をすましていました。

「あのね」と、ピーターおじさんはいいました。

「イライザは朝早く、手桶《ておけ》に水をくもうとして、泉《いずみ》へでかけ、プリンスがイライザのあとをついていったんだ。谷のおり口まで来て、泉への小道をくだろうとしたとき、プリンスが急にイライザのスカートのうしろをくわえて引っぱったんだよ」

「プリンスがどんなに大きなイヌか、知っているだろう。イライザはしかったが、プリンスは放《はな》そうとしないし、あのとおりとても大きくて力が強《つよ》いから、イライザもふりはなせなかった。プリンスはあとずさりしながら引っぱり続け、とうとうスカートを破《やぶ》ってしまったんだ」

「あの青いプリント地の服よ」と、イライザおばさんはお母さんにいいました。

お母さんは驚《おどろ》いて、

「まあ、なんということを」と、声をあげました。

「スカートのうしろの布を、それはもう大きく引きさいたの」と、イライザおばさんはいいました。

「わたしは怒《おこ》って、プリンスをムチで打ってやりたかったくらいよ。ところが、プリンスはわたしに向かってうなり声をあげたの」

「プリンスがきみにうなり声をあげたって?」と、お父さんが聞きました。

「そうなの」と、イライザおばさんが答えました。

「イライザはそこでもういちど、泉へ向かおうとしたんだ」と、ピーターおじさんが続けました。

「ところがプリンスは、イライザが行こうとする道のまえにとびだし、イライザに歯《は》をむいてうなったんだよ。イライザが何をいっても、しかっても、プリンスは歯をむき出してうなるだけで、イライザが横を通《とお》り抜けようとすると、まえへ行って通せんぼをし、かみつこうとまでしたんだ。それで、イライザは恐《こわ》くなってね」

「それは、そうでしょう」と、お母さんはいいました。

「プリンスは荒《あ》れくるって、わたしにかみつこうとしているにちがいないとおもった」と、イライザおばさんはいいました。

「きっと、かみついたわね」

「そんな話、聞いたことがない！」と、お母さんがいいました。

「それで、いったい、あなたはどうしたの？」

「走って帰って、家に駆《か》けこみ、ドアをバタンとしめたの」と、イライザおばさんは答えました。

「もちろん、プリンスは、見知らぬひとには恐かったかもしれない」と、ピーターおじさんはいいました。

「でも、イライザや子どもたちには、いつも忠実《ちゅうじつ》だったし、留守《るす》を任《まか》せてもなんの心配《しんぱい》もなかったしね。イライザも、どういうことか、まったくわからなかったとおもう」

「イライザが家に入ったあとも、プリンスは家のまわりを行ったり来たりして、うなり続けていた。イライザがドアをあけようとするたびに、プリンスはイライザにとびかかり、歯を出してうなった」

「気が変になったの？」と、お母さんは聞きました。

「わたしもそうおもったのよ」と、イライザおばさん

もいいました。

「どうしたらいいかわからなくてね。なにしろ子どもたちといっしょに家にとじこめられ、どうしても外へ出られない。くんでおいた水もなくなって、雪をとかして水にすることもできない。ドアをわずかにあけただけでも、プリンスはわたしにかみつきそうなそぶりだったんだから」

「それはどれくらい続いたんだ？」と、お父さんが聞きました。

「午後、遅くまで、1日じゅうね」と、イライザおばさんは答えました。

「銃《じゅう》はピーターが持って出かけたけれど、そうでなかったら、わたしがプリンスを銃でねらったかもしれないわね」

「午後も遅くになるにつれて」と、ピーターおじさん

がいいました。

「プリンスは落ち着いてきて、戸口で横になっていた。イライザはプリンスが眠っているとおもい、そばをこっそり通り抜けて泉へ水をくみに行こうと考えたんだ」

「そこで、ドアをそっとあけると、もちろんプリンスはすぐに目をさました。イライザが手桶を持っているのを見ると、起きあがって、イライザのまえを歩いて泉まで行った、いつもと変わりなくね。すると、なんと泉のまわりの雪いちめんに、パンサーほどの大きな獣《けもの》がつけたらしい足あとがあるじゃないか」

「足あとはわたしの手のひらほどの大きさだったよ」

と、イライザおばさんはいいました。

「そうなんだ」と、ピーターおじさんはいいました。

「でっかいパンサーらしい。いままで見たうちでいちばん大きな足あとだった。もしプリンスがその日の朝、

イライザを泉に行かせていたら、やつはきっとイライザを襲《おそ》っていたにちがいない。ぼくも足あとを見に行ったが、やつは泉にはり出した大きなカシの木にのぼって、水を飲みにくる動物《どうぶつ》をねらっていたんだとおもう。だからプリンスがいなかったら間違《まちが》いなく、イライザにとびかかっていただろう」

「イライザが足あとを見たときは、もう暗くなりかけていた。イライザは、水が入った手桶を持ったままここにはいられないと考え、急いで家へ帰った。プリンスは谷のほうをなんどもふり返りながら、イライザのうしろにぴったりついて歩いてかえったらしい」

「プリンスもいっしょに家に入れてやったのよ」と、イライザおばさんはいいました。

「そして、ピーターが家に帰るまで、みんなで家のなかにいたの」

「そのパンサーを撃《う》ったのか？」と、お父さんがピーターおじさんに聞きました。

「いいや」と、ピーターおじさんは答えました。

「銃を持ってあたりぜんぶを探《さが》しまわったが、見つからなかった。やつの足あとはほかにもあった。あのパンサーは北のほう、ビッグウッズの森の奥《おく》へ行ってし

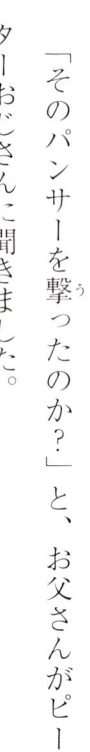

まったんだろう」

　そのころには、アリス、エラ、メアリーもみな、すっかり目がさめていました。ローラはふとんの下にもぐって、「まあ！　恐くなかったの？」と、アリスにささやきました。

　アリスは、わたしも恐かったけれど、エラのほうがもっと恐がっていた、と小さい声で答えました。するとエラは、わたしだって恐くなかった、とささやきました。

「まあ、とにかく、のどがかわいたと騒《さわ》いだのはあなたのほうだからね」と、アリスは小さい声でいいました。

　アリス、エラ、ローラの３人はベッドのなかでひそひそ話を続け、お母さんはとうとう、

「チャールズ、あなたがなにか弾《ひ》かないと、子どもたちは寝つきそうにないわね」と、いいました。

　お父さんはバイオリンを手にとりました。

部屋は暖かく、暖炉の明かりもありました。よく燃えている薪《まき》の炎に照《て》らされて、お母さん、イライザおばさん、ピーターおじさんたちの影《かげ》が大きくなり、壁の上でゆれていました。お父さんのバイオリンが陽《よう》気《き》にひびきました。

バイオリンは、いろいろな歌《うた》を弾いたあと、「アーカンソーの旅人《たびびと》」と続きました。そして、お父さんとバイオリンが、悲《かな》しい奴《ど》隷《れい》のことを歌った「いとしのネリー・グレイ」を優《やさ》しく歌っているころ、いつのまにかローラは眠りました。

いとしの　ネリー・グレイ
あいつらはきみを　遠《とお》くへ売ってしまった
こんなに恋《こい》しいのに
ぼくはもう、きみをみることもできない

クリスマスの朝、子どもたちはほとんどいっしょに目をさましました、サンタ・クロースが来《き》たみたいです。赤いネルの寝間着《ねまき》を着たアリス、エラ、ローラ、そしてピーターは、サンタ・クロースが持ってきたものを見ようと大声《おおごえ》をあげて走っていきました。

それぞれの子のくつしたには、まっかなミトンが入っていました。それに、長くて平たい、ステッキの形をした、赤と白のしまのペパーミント・キャンディーもあり、その両側《りょうがわ》には、しまの凹凸《でこぼこ》した模様《もよう》がついていました。

みんなはとてもうれしくて、はじめは口もきけず、すばらしいクリスマス・プレゼントを、目を輝《かがや》かせて見るだけでした。なかでもいちばん幸《しあわ》せだったのは、布《ぬの》でできた人形をもらったローラです。

かわいい人形なのです。顔は白い布でできていて、

黒いボタンの目がついています。まゆは黒のえんぴつで描《か》いてあり、ほおと口はヤマゴボウの実《み》からとった、赤い色でそめてありました。髪は黒く、編《あ》んだ毛糸《けいと》をほぐしたものなので、カールしています。

人形は、小さな赤いネルの長いくつしたと黒い布のゲートルをまいた小さなくつをはき、ドレスはきれいなピンクとブルーの綿《めん》のプリント地でした。

人形はとてもかわいくて、ローラはひとことも口がきけませんでした。人形をしっかり抱《だ》き、ほかのこと

はぜんぶ忘《わす》れてしまいました。

イライザおばさんが、

「ローラの、あんなに大きくひらいた目を、見たことがある?」というまで、ローラは、みんなが自分を見ていたことに気がつきませんでした。

ほかの女の子たちは、ローラだけがミトンとキャンディーのほかに、人形をもらったことを、うらやましいとはおもいませんでした。それは、ローラの妹で赤ちゃんのキャリーと、イライザおばさんの赤ちゃんのドリー・バーデンを別《べつ》にすると、ローラがいちばん年下だったからです。人形は赤ちゃんには早すぎます。みんなが大騒ぎしても、ただ指《ゆび》を口に入れてしゃぶっているだけで、赤ちゃんはまだサンタ・クロースを知らないのです。

ローラはベッドの端《はし》にすわって、人形を抱いていま

した。赤いミトンは大好きだし、キャンディーも大好きでした。でも、人形がいちばん好きで、うれしかったのです。ローラは人形にシャーロットという名前をつけました。

子どもたちはみんなでミトンを見せあったり、自分のミトンをはめてみたりしました。ピーターはステッキの形をしたキャンディーをがぶりとかじりましたが、アリスとエラとメアリーとローラは、自分のキャンディーを長く楽しもうと、ちょっとずつしかなめませんでした。

「はて、さて！」と、ピーターおじさんはいいました。

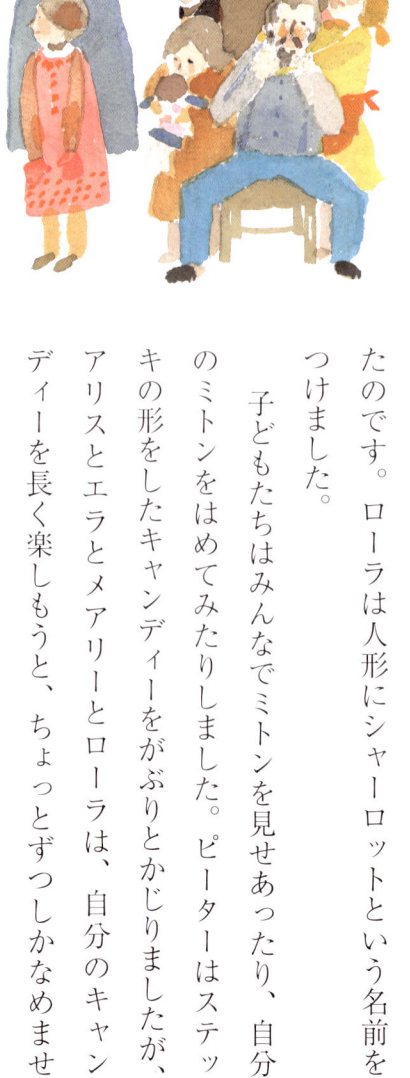

「くつしたに小枝《こえだ》のムチのほか、なにも入っていなかった、という子はいないかい？　そうか、そうか、みんなはそんなにいい子だったのか？」

でも、子どもたちは、サンタ・クロースがふだんおぎょ

うぎのよくない子には、小枝のムチ1本《ぽん》しかくれない、というういい伝えを信じてはいませんでした。よその子どもにはそういうことがあるかもしれませんが、自分たちにはあるはずがないと考えていました。ないしょですが、1年じゅうずっといい子でいるのは無理《むり》なことです。

「子どもたちをからかってはだめよ、ピーター」と、イライザおばさんがたしなめました。

お母さんは「ローラ、ほかの女の子たちに人形を抱かせてあげないの?」と、いいました。お母さんがいいたかったのは、「小さい女の子はそんなに自分勝手《じぶんかって》ではいけない」ということでした。

だから、ローラはメアリーにかわいい人形を抱かせてあげました。アリスもちょっとだけ抱き、エラもそうしました。女の子たちは、かわいいドレスをなで、

赤いネルの長いくつしたやゲートルのくつ、カールした毛糸の髪などをほめました。でも、ローラがほっとしたのは、シャーロットが自分の腕にちゃんと戻ったときでした。

お父さんとピーターおじさんは、それぞれ、赤と白の市松模様《いちまつもよう》を編んだ、暖かい新しいミトンをもらいました。お母さんとイライザおばさんがつくったものでした。

イライザおばさんは、お母さんのために、香辛料《こうしんりょう》のクローブをいっぱいさした、大きな赤いリンゴを持ってきました。なんといいにおいなんでしょう！　しかも、たくさんのグローブが、リンゴを傷《いた》まないように守ってくれるので、いつまでもとりたてのあまいままなのです。

お母さんは、イライザおばさんに本《ほん》のようにひらく小さな針《はり》さしを贈《おく》りました。お母さんがつくったもので、表紙《ひょうし》は絹《きぬ》のはぎれで、なかの針をさすところは白

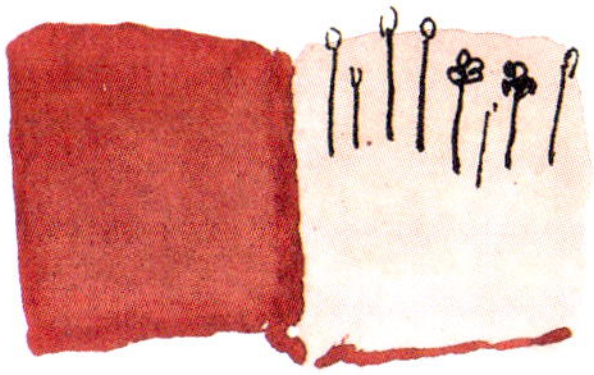

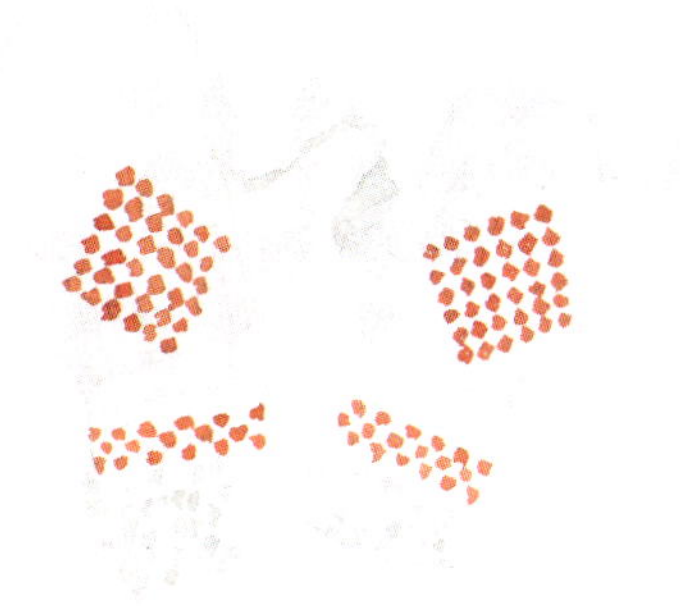

くてやわらかいネルでできていました。ネルは針がさびるのを防《ふせ》いでくれるのです。

みんなは、お母さんがもらったきれいな飾り棚をほめました。イライザおばさんは、

「ピーターおじさんが、まえにわたしにも同じものをつくってくれた、もちろん、彫刻の模様は違《ちが》うけれどもね」と、いいました。

サンタ・クロースはおとなにはプレゼントをしませんが、それはおとなたちの行《おこな》いが悪《わる》かったからではありません。お父さんもお母さんも、とてもいい行いをしました。プレゼントをもらえないのはもうおとなだからで、おとなは、お互《たが》いにプレゼントを贈るのです。

ちょっとの間、すべてのプレゼントをわきにおいておかなければなりませんでした。いとこのピーターは、お父さんと、ピーターおじさんといっしょに、毎朝《まいあさ》き

めている仕事をしに出かけ、アリスとエラはイライザおばさんがベッドを整《ととの》えるのを手伝《てつだ》い、ローラとメアリーは、お母さんが朝の食事《しょくじ》を用意《ようい》する間、テーブルに食器《しょっき》をならべました。

朝食《ちょうしょく》はパンケーキで、お母さんは子どもたちそれぞれに、パンケーキマンをつくってくれました。子どもたちをひとりずつ順番《じゅんばん》に呼《よ》んで、皿《さら》を持ってくるようにいいました。子どもたちは、お母さんがパンケーキの生地《きじ》をスプーンで流《なが》して、手や足や頭をつくるのを、料理用ストーブのそばに立って見ることができました。お母さんが、小さなパンケーキマンを手早《てばや》く、注意深《ちゅういぶか》く、熱《あつ》いフライパンの上で裏返《うらがえ》しするのをまちかねて、わくわくしていました。焼きあがると、お母さんは湯気《ゆげ》の出ているまだ熱いパンケーキを皿にのせてくれました。

ピーターは、たちまち自分のパンケーキマンの頭を

ぱくりと食べてしまいました。でも、アリスとエラとメアリーとローラたちは、手から足へ、そしておなかへと、ゆっくりちょっとずつ食べ、頭は最後《さいご》まで残《のこ》しておきました。

この日はとても寒くて外で遊べませんでしたが、新しいミトンをながめたり、キャンディーをなめたりしてすごしました。みんなはいっしょに床《ゆか》にすわって、聖書《せいしょ》のさし絵《え》や、お父さんの緑《みどり》色の表紙の大きな本にあるいろいろな動物や鳥《とり》の絵を見ました。ローラはその間じゅうずっと、人形のシャーロットを腕に抱いたままでした。

そして、クリスマスのごちそうです。アリス、エラ、ピーター、メアリー、ローラは、テーブルではひとことも口をききません。なぜなら子どもは、食事中《しょくじちゅう》に話をしてはいけないとわかっていたからです。でも、お

かわりをお願《ねが》いしなくてもすみました。お母さんとイライザおばさんは、子どもたちの皿をいつもいっぱいにして、食べられるだけ食べさせてくれたからです。

「クリスマスは、1年にいちどしかやってこないからね」と、イライザおばさんはいいました。

イライザおばさんとピーターおじさんといとこたちは、遠くの家まで帰らなくてはならないので、クリスマスのごちそうはいつもより早くはじまりました。

「ウマがどんなに速《はや》く走っても、暗《くら》くなるまでに家に着けるかどうか、むずかしいだろうな」と、ピーターおじさんはいいました。

だから、みんながごちそうを食べ終えると、ピーターおじさんとお父さんはウマにソリをつけ、その間にお母さんとイライザおばさんが、いとこたちに、からだがふくれるほど、ありったけのものを着せました。

いとこたちは、長い毛糸のくつしたとくつの上に、もう1枚、厚《あつ》い毛糸のくつしたを重《かさ》ねて、引《ひ》っぱりあげました。ミトンをはめ、コートを着て、暖かいフードやショールをかぶり、首にマフラーをまき、顔には厚い毛糸のベールをかけました。お母さんは、指を温《あたた》めておけるようにと、焼きたてのまだ熱いジャガイモをみんなのポケットにすべりこませました。イライザおばさんが持ってきた鉄《てつ》のコテは、足もとに入れておくために、ストーブで温めておきます。毛布やキルトのひざかけやバッファローのオーバーもみんな、温めてありました。

だから、みんなが大きなボブスレーに乗《の》りこんだとき、すこしも寒くありませんでした。お父さんは最後に、バッファローのオーバーをかけ、そのはしをしっかりとまきこみました。

「さようなら！　さようなら！」と、みんながいって、ボブスレーは出発《しゅっぱつ》し、ウマたちは、はや足で陽気に走り、ソリの鈴が鳴《な》りました。

まもなく、鈴の音が聞こえなくなって、クリスマスは終わりました。ローラやいとこたちにとって、なんと楽しいクリスマスだったことでしょう！

**ローラ・インガルス・ワイルダー**（一八六七年二月七日－一九五七年二月一〇日）
アメリカ合衆国の作家・小学校教師。ウィスコンシン州に生まれ、幼少期に体験した開拓時代のアメリカの生活を基に、子どものために書いた小説シリーズが、全世界で現在も読まれている。日本でもNHKで放送されたアメリカのテレビシリーズ『大草原の小さな家』が話題を呼んだ。

**安野光雅**（あんの みつまさ）
一九二六年、島根県津和野町に生まれる。一九七四年、『ABCの本』（福音館書店）、『昔咄きりがみ桃太郎』（岩崎美術社）で芸術選奨文部大臣新人賞。そのほか、ケイト・グリナウェイ賞特別賞（イギリス）、最も美しい50冊の本賞（アメリカ）、BIB金のりんご賞（チェコスロバキア）、国際アンデルセン賞などを受賞。二〇〇一年、津和野町に安野光雅美術館が落成した。一九八八年、紫綬褒章、二〇〇八年、菊池寛賞を受賞。二〇一二年、文化功労者に選ばれる。
主な著作に『ふしぎなえ』（福音館書店）、『繪本 平家物語』（講談社）、『安野光雅・文集（全六巻）』（筑摩書房）、『津和野』（岩崎書店）、『絵のある人生』（岩波書店）、『絵の教室』（中央公論新社）、『算私語録』（朝日新聞社）、『絵のある自伝』（文藝春秋）、『口語訳 即興詩人』（山川出版社）などがある。

森のプレゼント
二〇一五年一一月三〇日 初版第一刷発行
原　作　ローラ・インガルス・ワイルダー
絵・訳　安野光雅
発行者　原　雅久
発行所　株式会社 朝日出版社
郵便番号 一〇一－〇〇六五
東京都千代田区西神田三－三－五
電話 （〇三）三二六三－三三二一
印刷・製本　凸版印刷株式会社
編　集　仁藤輝夫　藤川恵理奈
編集協力　河野美香子
ISBN 978-4-255-00889-9